Proyecto y dirección editorial: María Castillo
Coordinación editorial: Teresa Tellechea
Diseño: Pablo Núñez
© Del texto: Begoña Ibarrola, 2007
© De las ilustraciones: AVI, 2007
© Ediciones SM, 2007
    Impresores, 15 – Urbanización Prado del Espino
    28660 Boadilla del Monte (Madrid)

CENTRO INTEGRAL DE ATENCION AL CLIENTE
Tel.: 902 12 13 23
Fax: 902 24 12 22
e-mail: clientes@grupo-sm.com

ISBN: 978-84-675-1898-6
Depósito legal: M-14500-2007
Impreso en España / *Printed in Spain*
Imprime: Capital Gráfico, S.L.

Correprisas y Tumbona

Begoña Ibarrola

Ilustraciones de AVI

6

La lagartija Correprisas no paraba ni un momento y se pasaba todo el día corriendo de acá para allá, muy nerviosa.

Un día, su mejor amiga, la lagartija Tumbona, le dijo:
—¿No quieres descansar un poco y charlar un rato?
¡Se está tan a gustito al sol…!

8

—Parece mentira, con todas las cosas que hay que hacer,
y tú perdiendo el tiempo tomando el sol —le contestó enfadada
Correprisas.

—No estoy perdiendo el tiempo —le dijo Tumbona—.
Estoy descansando un rato y así podré recuperar fuerzas
para seguir después haciendo lo que tengo que hacer.

10

La lagartija Tumbona pensaba que Correprisas se preocupaba demasiado por buscar comida, tener su casa limpia y bien ordenada. Además, se angustiaba mucho pensando en las cosas que le podían pasar. En el fondo, su amiga le daba pena porque no sabía disfrutar de la vida.

La mayoría de las cosas que le preocupaban, luego no ocurrían
o no eran tan graves como se imaginaba. El último verano
lo había pasado fatal, pensando que los niños del pueblo
saldrían a cazar lagartijas, pero después no pasó nada
y los chicos se divirtieron sin molestarla.

Y ahora estaba nerviosa porque a lo mejor no encontraba suficiente comida para alimentarse.

—Tranquila, Correprisas —le decía su amiga Tumbona—.
Si no encuentras suficiente comida, repartiré contigo
la que yo consiga, no te preocupes. Además, la primavera
está llegando, y ya sabes que cuando salen las flores,
el jardín se llena de esos bichitos que tanto nos gustan.

14
•••

Un día, Correprisas estaba corriendo por la escalera de piedra,
sin fijarse por dónde iba, cuando de pronto resbaló y se cayó
dentro de un enorme tiesto vacío que estaba en el jardín.
Intentó salir de allí pero no pudo porque las paredes eran
muy altas y, cuando intentaba subir, se caía una y otra vez.

—¡Socorro! —gritaba desesperada—, ¡que alguien me saque
de aquíííííí!
Pero nadie la oía, ni siquiera su amiga Tumbona,
que estaba tomando el sol plácidamente encima de una piedra.

16

Al cabo de un tiempo, Tumbona, extrañada de no ver
a su amiga corriendo de un lado para otro,
decidió dar una vuelta para ver qué estaba haciendo
y, al pasar por la escalera, oyó su voz pidiendo ayuda.

—Correprisas, ¿dónde estás? No te veo —le dijo.

—Estoy en el fondo de este tiesto, me he caído aquí dentro y ahora no puedo salir —le contestó ella sollozando.

Tumbona se asomó al borde del tiesto y le dijo:

—Pues creo que no voy a poder ayudarte, Correprisas,
porque me arriesgo a caerme yo también.

Pero no te preocupes, ya se me ocurrirá algo.

Estuvo pensando y pensando hasta que vio a su amigo
el pájaro Mirlo, que era un pájaro muy simpático.
Todo lo alegraba con su canto.
Sus plumas eran de color negro y su pico, amarillo. Lo veían
a menudo corriendo por el jardín o bañándose en la fuente.

Tumbona se acercó a él y le dijo:

—Pájaro Mirlo, mi amiga la lagartija Correprisas se ha caído al fondo de un tiesto y yo no puedo hacer nada para sacarla. ¿Podrías tú ayudarla?

—Por supuesto, faltaría más —le contestó.

Tumbona lo llevó hasta donde se encontraba su amiga
y cuando llegaron oyeron llorar a la pobre Correprisas.

El mirlo se asomó al borde del tiesto y le dijo:

—No te preocupes, Correprisas, voy a intentar sacarte de ahí.
Bajaré hasta donde estás y, cuando llegue al fondo del tiesto,
te cogeré con mis patas y saldré volando,
pero no te sueltes, ¿de acuerdo?

Y tal y como dijo, el mirlo bajó hasta el fondo del enorme tiesto
y, sujetándola bien entre sus patas, alzó el vuelo,
llevando a Correprisas por los aires
hasta dejarla suavemente en el suelo.

—Gracias por sacarme de allí —le dijo Correprisas al mirlo—,
te estaré siempre agradecida,
y desde ahora tú serás mi amigo y yo seré tu amiga.

—Y gracias también a ti, Tumbona.
He pensado mucho mientras estaba ahí abajo
sin poder hacer nada...
—¿Y en qué pensabas? —le preguntó su amiga, sorprendida.

—Me he dado cuenta de que siempre voy corriendo de acá para allá, agobiada con todo lo que tengo que hacer y preocupada por las cosas que me puedan pasar, y no presto suficiente atención a lo que hago. Si hubiera andado un poco más despacio, habría visto el tiesto y no me habría caído dentro de él.

Su amiga Tumbona sonrió satisfecha y le dio la enhorabuena:
por fin su amiga había comprendido una cosa muy importante.

Gracias a esa experiencia que le obligó a estarse quieta durante un buen rato, Correprisas pensó en todas las cosas buenas de la vida que se estaba perdiendo por hacer las cosas tan deprisa y preocuparse inútilmente.

Y desde entonces, comenzó a disfrutar cada día,
junto a su amiga Tumbona, de una buena siesta al sol
y de un buen rato de conversación.

Cuentos para sentir